e 123
357

LA FEMME

DANS SON ÉTAT LE PLUS INTÉRESSANT

Marseille. -- Imprimerie Nouvelle ARNAUD, rue Vacon, 21.

LA FEMME

DANS

Son État le plus Intéressant

Par C. HUGUES

MARSEILLE

CHEZ L'AUTEUR, BOULEVARD BERNARD, DE SAINT-JUST

—

1869

LA FEMME

DANS SON ÉTAT LE PLUS INTÉRESSANT

—————⊶⟨⟨⟨⟩⟩⟩⊷—————

La femme a inspiré de tout temps les louanges des
moralistes, les chants des poètes, les chefs-d'œuvre
des peintres et des sculpteurs. Les moralistes, les poètes,
les artistes s'en vont; mais le culte de la femme de-
meure, — et il est aujourd'hui plus pratique, plus
intelligent, plus élevé même qu'autrefois.

A aucune époque la femme n'a exercé sur la société
un empire plus étendu, plus absolu et plus divers. Elle
est la pensée secrète de toutes nos entreprises ; elle est
la consécration de tous nos succès. Tout pour la femme
et par la femme ! Il n'est pas de caste sociale qui ne put
inscrire cette devise sur son drapeau.

Et en effet, s'il était profondément vrai le mot de ce
magistrat, qui, en présence de tout crime, demandait :
où est la femme ? il ne serait pas moins juste appliqué
à toutes les grandes et belles choses de notre temps, à
ce qui est utile et productif, à ce qui est brillant et
charmant, aux fruits de la science ou de l'art comme à

ceux de la sagesse ou de l'héroïsme : — Où est la femme ?

Cherchons bien, et nous trouverons une image de femme aimée, blottie en quelque recoin mystérieux du cœur, et chez ce poète aux sublimes inspirations, et chez cet artiste aux créations rayonnantes et populaires, et chez cet ingénieur sans cesse aux prises avec les inerties et les rébellions de la matière, et chez ce soldat toujours prêt aux luttes sanglantes, et chez ce journaliste usant sa plume aux combats de la pensée, et chez cet homme d'affaires aux entreprises audacieuses, et chez ce commerçant au travail obscur et patient ! Pour quelques-uns c'est une sœur ou une mère, pour d'autres c'est une fiancée, pour beaucoup c'est une épouse.

Ah ! certes, ce sentiment mystérieux est l'un des plus puissants ressorts de notre civilisation ! Nul ne l'ignore aujourd'hui ; et nous sommes si bien pénétrés de l'importance de cette vérité, que nous avons dévolu à la femme la présidence de toutes nos fêtes, non seulement de celles dont elle est l'élément indispensable, les bals et les spectacles, mais encore de celles qui ont pour but quelque grande manifestation de l'art ou de l'industrie et auxquelles elle vient donner par sa présence, la plus légitime et la plus séduisante consécration.

Les anciens avaient relégué la femme dans l'ombre du gynécée, nous l'avons mise, nous, en pleine lumière ; elle est en même temps le lien de la famille et l'âme de la société.

La femme règne par les qualités de son cœur, les grâces de son esprit et les séductions de sa personne.

Cette triple action suffit pour assurer son empire. Mais il faut reconnaître que les dons du cœur et de l'esprit ont besoin d'être soutenus par des attraits purement physiques, par ceux qui constituent la beauté.

C'est par la beauté que les femmes nous séduisent, c'est par l'esprit et le cœur qu'elles nous captivent et nous retiennent. Aussi sont-elles les premières à sentir tout le prix de la beauté !

Les femmes ont recherché, à toutes les époques, les moyens de relever la beauté physique et d'y suppléer même par mille artifices. Je crois cependant que jamais l'art de la toilette n'avait été aussi florissant que de nos jours.

Faut-il en faire un crime à ces charmantes idoles? Ou ne vaut-il pas mieux voir dans cette constante préoccupation les effets d'une loi supérieure veillant au bien-être de l'humanité ?

La beauté de la femme est féconde et salutaire ; elle agit par rayonnement projetant autour d'elle une atmosphère bienfaisante.

Il y a en effet quelque chose de magnétique dans le saisissement que nous fait éprouver dans la rue le passage d'une jolie femme, j'entends de l'une de celles dont Alexandre Dumas fils a dit spirituellement qu'*elles ont la ligne*. Les têtes se retournent à son passage, voire même les têtes féminines. Elle est déjà loin, elle a disparu que nous la voyons encore. Enlevés un instant au tumulte de la rue, nous savourons l'ondulation de sa démarche, nous nous environs du toc-toc de ses bottines, nous rêvons d'un œil noir, d'une lèvre ronde, d'un bout d'épaule entrevu, de mille choses devinées.

Je ne veux pas rechercher quel est au fond le mobile de cette émotion fugitive. Il est dans les actes de la vie comme dans le langage une foule de sous-entendus indispensables à des gens destinés à vivre en société et dont nous avons fait en somme quelque chose de fort agréable. C'est ce qui permet à la plus honnête femme du monde de n'être que charmée de pareils hommages.

Il y a pour elle, dans cette admiration muette de la foule, un tribut aussi flatteur qu'incontestable. C'est en ce moment qu'elle est reine et que le poids du sceptre et de la couronne se font sentir à elle le plus délicieusement.

Quant à la foule, je l'ai dit, c'est du bien-être qu'elle éprouve à la vue de la beauté. Savez-vous rien qui repose le regard et le réjouisse en même temps comme ces groupes de jeunes personnes aux toilettes fraîches, aux visages épanouis que l'on rencontre à la promenade les jours de fête ? Honnête et naïve beauté, et parfois même d'une grâce un peu rustique ! On éprouve à la contempler, le bien-être vivifiant que ressent l'habitant des villes transporté au milieu des régions alpestres.

Le principal auxiliaire de la beauté, c'est la santé.

Il y a des types plus particulièrement beaux, des races plus parfaites. On cite la Romaine pour la plénitude de ses formes, la Florentine pour la fierté et l'élégance de ses traits ; on vante le teint chaud, les cheveux épais et les yeux brillants de l'Espagnole, les cheveux blonds, les yeux bleus, la grâce vaporeuse de l'Allemande. On a même à certaines heures d'aberration, célébré les femmes poitrinaires, beautés vertes et translucides toutes parées pour le tombeau.

Au-dessus de toutes et avant toutes, qu'elle soit Italienne ou Espagnole, Allemande ou Française, se place la femme d'une belle santé.

Je ne veux pas dire qu'à certaines heures, placées dans le milieu qui leur est propre, au spectacle, sous les lustres d'un bal, dans le jour mystérieux d'un boudoir, ces beautés caractéristiques n'exercent la plus enivrante séduction.

Mais la vie n'est guère qu'un tissu d'incidents vulgaires, se passant le plus souvent au grand jour ou dans une intimité dépourvue de mise en scène,

C'est dans ces moments si nombreux que nous nous plaisons aux attraits d'une beauté plus familière. L'éclat d'un corps jeune et sain, le parfum de la santé suffisent pour donner à la femme ce charme plein de bonne humeur auquel il est peu d'hommes qui ne soient sensibles. C'est particulièrement ce genre de beauté que nous recherchons dans la compagne de notre foyer, dans celle qui sera la mère de nos enfants.

Cette beauté, presque toutes les femmes l'ont eue à dix-huit ans. Nos pères l'appelaient la beauté du Diable. Beauté du Bon-Dieu, auraient-ils dû dire, car, par son universalité, ce don du Créateur témoignait plus que tout autre des attentions paternelles de sa providence.

La plupart des femmes, disons-nous, l'ont eue en leur printemps, cette beauté du Diable. Il n'eut tenu qu'à elles, croyons-nous, de la garder jusqu'à leur automne. Quelques-unes ont eu ce talent et sont demeurées séduisantes jusqu'à la vieillesse : telle cette Ninon de Lenclos qui inspira, nous disent les chroniques, une violente passion à son petit-fils.

Pour un grand nombre de femmes, il est vrai, les misères de la vie viennent de bonne heure apposer leurs stygmates sur l'œuvre pure du Créateur. C'est aux vices de l'organisation sociale qu'il faudrait s'en prendre, si l'on voulait remédier en grand à la déformation de l'espèce. Tel n'est point ici notre but.

Nous ne voulons nous occuper que de celles qui par leur faute ont laissé se faner et se perdre la précieuse fleur de santé qui embellit leur printemps.

Michelet voit dans la femme une malade. C'est là sans doute l'exagération d'une âme tendre et aimante. La femme est au contraire une plante saine et vivace, que son admirable fécondité rend l'esclave de crises normales, non sans danger, il est vrai La science n'a jamais songé à confondre avec la maladie l'accomplissement de fonctions naturelles.

L'état particulier dans lequel se trouve la femme à certaines périodes réclame cependant les soins les plus intelligents et les plus délicats ; et à ce point de vue, nous ne pouvons qu'approuver l'éminent écrivain d'avoir signalé un danger trop facilement bravé, trop généralement ignoré et dont les conséquences désastreuses se font pourtant sentir depuis longtemps.

Nous nous sommes donné pour mission d'étudier la femme en l'état de grossesse, dans cette situation que le langage familier qualifie à si juste titre d'*intéressante*, et qui présente en effet le plus grand intérêt tant au point de vue de la viabilité et du développement futur de l'enfant qu'au point de vue de la conservation de la mère.

C'est une grave partie que celle qui est engagée pendant ces neuf mois et pour laquelle nous avons besoin de mettre toutes les chances de notre côté. Il nous appartient en effet d'éviter un dénouement fatal.

La femme n'ignore pas que, dans cette crise, sa beauté, sa santé, sa vie même, courent les plus grands dangers. En homme qui connaît un peu le cœur féminin, nous ne craindrions pas d'affirmer que ces diverses considérations sont d'un poids égal dans les appréhensions d'une jeune femme, placée pour la première fois devant cette mystérieuse perspective.

Si la nature n'avait mis dans le cœur de toutes les femmes le sentiment de la maternité, combien ne reculeraient pas terrifiées devant l'œuvre du mariage ?

Mais tout enfant et jouant encore avec sa poupée, la femme a désiré d'être mère. Puis, à travers les rêves amoureux de la jeunesse, elle a entrevu la resplendissante sérénité du bonheur maternel. Si l'image de l'époux est encore vague et confuse, croyez bien que celle de l'enfant se dessine avec toute la netteté d'un mirage dans l'esprit de la jeune fille.

Ce sont bien d'autres émotions, bien d'autres rêves, bien d'autres espérances, quand la jeune femme a appris par des avant-coureurs infaillibles que son rôle de mère va commencer. Souvent allanguie et rêveuse jusque là, elle a retrouvé, comme par miracle, l'animation de ses plus belles heures de jeunesse tempérée d'un sentiment merveilleusement doux et serein.

Elle est calme dans son impatience ; elle sait que celui qu'elle a désiré ne saurait manquer de venir. Lentement, avec amour, elle prépare tout pour le recevoir. Ses doigts agiles coupent et rassemblent une foule de petits vêtements. Quel ravissant poème que celui de la confection de la layette !

Tout en tirant l'aiguille, silencieuse, devant l'embrasure d'une fenêtre ou au coin du foyer, la jeune femme est tout entière avec celui qui est en elle. Elle le connaît bien et le voit dans toute sa grâce enfantine !

Elle en admire les yeux doux et étonnés, les joues roses, la petite bouche avide ; elle croit déjà tenir entre ses mains ce petit corps velouté et ferme comme un beau fruit, elle le sent qui pèse sur ses bras et elle se surprend à le manger de baisers.

Toute aux joies prochaines de la maternité, la femme ne songe guère aux dangers de ce passage critique, ou, si elle y pense, ce n'est que pour donner plus de vivacité à l'affection qu'elle porte à celui qui va naître. Tel est ce sentiment maternel, tout plein d'une délicieuse abnégation, que la nature a déposé au fond du cœur de toutes les femmes et qui se révèle en ce moment avec des accents si héroïques !

Mais, à côté de ces inspirations instinctives, il peut, il doit y avoir place pour d'autres pensées. La femme se doit à elle-même, elle doit à son enfant de s'entourer pendant cette crise et surtout pendant toute la période qui la précède, de soins intelligents. Ce serait un héroïsme aveugle et dangereux que celui qui voudrait ne point tenir compte en cette occasion des lumières de l'expérience et ne point subordonner l'instinct à la raison.

L'influence de l'état physique et moral de la mère sur l'enfant pendant la grossesse est un fait acquis depuis longtemps à la science.

Quelques écrivains ont avancé même que telle situation d'esprit de la mère pouvait amener tel développement intellectuel chez l'enfant.

On pourrait ainsi faire prédominer telles facultés, provoquer telles aptitudes, faire germer à volonté des poètes, des peintres ou des savants, préparer des générations plus intelligentes et plus policées.

Rien ne prouve malheureusement la généralité d'une théorie basée sans doute sur certains faits observés isolément.

Mais en ce qui touche l'influence de la santé de la mère sur la constitution physique et le tempérament de l'enfant, nous rentrons dans les données exactes de la science.

La plénitude de la santé de la mère pendant la grossesse assure le développement régulier du fœtus. L'enfant est mis à l'abri de ces vices de conformation si affligeants chez de pauvres petits êtres, voués ainsi pour la vie aux souffrances physiques et morales.

Ce ne sont là à vrai dire que des accidents et des exceptions; les mères payent le plus souvent pour l'enfant le redoutable tribut d'une grossesse irrégulière,

Il n'est pas de spectacle plus attristant pour le penseur que celui de tant de jeunes femmes vouées à la maladie et à la décrépitude précoce pour avoir accompli avec un héroïsme aveugle, les devoirs de la maternité. Je ne saurais entrer ici dans le détail des nombreuses et redoutables affections qu'une grossesse mal réglée fait naître.

Il est telle suite de couches qui entraîne un dérèglement complet de l'organisme. Quelquefois c'est la mort, à une plus ou moins longue échéance. Nous n'avons d'ailleurs autour de nous que de trop fréquents exemples des variétés infinies que présente le mal.

Certes, quand je rencontre une de ces victimes des devoirs maternels, dépouillée à jamais des séductions de la femme, jaunie, ridée, les yeux plombés, la démarche brisée et traînant quelquefois après elle un enfant maladif, cause innocente d'un si profond désastre, je suis tenté de me révolter contre la providence qui a fait la part de la femme si lourde et si amère !

Mais s'il ne nous appartient pas de nous élever contre ces desseins dont nous ignorons toute l'étendue, il nous convient du moins de combattre le mal et de le déjouer selon nos forces et notre intelligence. Il est en effet peu de maux à côté desquels la nature n'ait placé le remède, il n'est pas de fonction naturelle quelque pénible et dangereuse qu'elle soit qui ne trouve dans l'harmonie des produits de la création son auxiliaire et son palliatif.

C'est dans cette voie que j'ai été amené à appliquer à la femme pendant la grossesse un traitement préventif qui, basé sur la vertu des produits naturels et amenant une action en quelque sorte mécanique assure la régularité des fonctions de l'ovaire. Ce moyen purement externe agit par corrélation sur les organes intérieurs. Il entretient la santé de la mère et assure le développement normal de l'enfant.

Appliquée déjà dans de nombreux cas, ma méthode a donné les résultats les plus satisfaisants : grossesse régulière et sans fatigue, parturition facile, prompt rétablissement de la mère, santé et vigueur chez l'enfant.

C'est avant tout dans un but d'humanité que j'adresse cet appel aux mères de familles et à toutes les jeunes femmes. Il dépend d'elles aujourd'hui d'assurer leur existence à travers une crise périlleuse, de s'exempter d'infirmités menaçantes, de conserver enfin en même temps que la santé, ces séductions de la jeunesse qui ont toujours leur prix, même au foyer conjugal.

Le traitement complet est envoyé *franco* contre la somme de **30 francs** en un mandat de poste, au nom de M. C. HUGUES, chimiste, boulevard Bernard, de Saint–Just,

A MARSEILLE (Bouches–du–Rhône).

Demander le prospectus (envoi *franco* et *gratis*).

www.ingramcontent.com/pod-product-compliance
Lightning Source LLC
Chambersburg PA
CBHW061426170626
46811CB00005B/2154

* 9 7 8 2 0 1 9 5 8 6 1 7 1 *